그렇게 마음이
편한 적은
정말 오랜만이었다

그렇게 마음이
편한 적은
정말 오랜만이었다

2022년 6월 27일 제1판 제1쇄

엮은이   조재도
그린이   조시원
펴낸이   강봉구

펴낸곳   작은숲출판사
등록번호   제406-2013-0000801호
주소   10880 경기도 파주시 신촌로 21-30(신촌동)
전화   070-4067-8560
팩스   0505-499-8560
홈페이지   http://www.littleforestpublish.co.kr
블로그   http://littlef2010.blog.me
이메일   littlef2010@daum.net

©조재도

ISBN 979-11-6035-133-0   43810
값은 뒤표지에 있습니다.

그렇게 마음이 편한 적은 정말 오랜만이었다

조재도 엮음, 강봉구 정리
조시원 원화 그림

작은숲

누구나 원하지만 누구도 쉽게 가질 수 없는 것이 평화일 것입니다. 평화는 사람 개개인이나 인류 공동체가 진실로 염원하는 귀한 가치입니다. 그래서 평화라는 말의 쓰임도 넓고 다양합니다. 어느 말에 붙여도 좋은 의미를 가져다주는 말이 평화입니다.

여러 가지의 평화가 있지만 '청소년평화모임' 활동을 하는 우리들의 주된 관심은 '어린이와 청소년'의 평화입니다. 다른 평화도 소중하고 고귀하지만, 우리들은 어린이와 청소년이 평화로워야 진정한 평화라고 생각합니다. 왜냐하면 어린이와 청소년은 우리 사회의 약자로서, 사회 경제적인 발언권이 없기 때문입니다. 어떤 어른(부모나 교사)을 만나느냐에 따라 성장 환경은 천차만별로 달라지며, 그런 가운데 어떤 성장기를 보냈느냐에 따라 그 사람의 인격이 다르게 형성되기 때문입니다.

요즘 많은 어린이와 청소년이 긴장 속에 살아갑니다. 공부를 잘해도 경쟁의식에 사로잡혀 있는 한 긴장의 끈을 놓을 수 없고, 여러 가정과 학교도 전과 다르게 삶의 응집력을 잃고 경쟁과 폭력의 문화에 놓여 있습니다. 우리 사회의 부정적인 주류적 가치가 가정과 학교에까지 깊이 스며들어 있습니다.

이 책에 모은 글이나 그림은 모두 청소년들이 학교에서 직접 쓰고 그린 것들이며, 몇몇 어른의 작품이라도 어린이와 십대 청소년을 위한 작품입니다. 그야말로 청소년을 위해, 청소년에 의해 만들어진 이 책을 읽는 동안만이라도 여러분들이 평화의 기운을 느껴 보았으면 좋겠습니다.

이 책을 읽는 여러분들의 가슴에 작은 평화의 싹이 돋아나기를 간절히 바랍니다.

2022년 4월

두 손 모아 조재도

차례

1부

우리 좋은
시간 보내자

2부

그렇게 마음이 편한 적은
정말 오랜만이었다

3부

세상에
나쁜 애는 없다

4부

가끔은 도움의 손길을
받는 것도 좋습니다

9

1부

1부에는 『살자 토끼』(조시원 그림, 작은숲 간)라는 책에 있는

원화 그림에 학생의 소감이 들어 있습니다.

편안한 마음으로 여러분들도 원화 하나하나를 천천히 보면서

그림의 의미를 떠올려보세요.

친구와 함께 이야기를 나눠보는 것도 좋겠지요?

* 학생 소감 : 조연우 고3

고맙다, 우리 좋은 시간 보내자

🌳 오랜 결석 끝에 학교에 나가거나 지각을 하면

선생님은 짜증부터 냅니다.

"야, 너, 이제 와? 지금이 몇 시야?" "너, 결석계는 갖고 왔어?"

보자마자 이런 소리를 들으면 우리도 팍 짜증부터 납니다.

그런데 오늘 그 선생님은 그러지 않았어요.

"야, 너 오늘 학교까지 왔구나. 고맙다.

우리 좋은 시간 보내자."

그러면서 제 손을 잡고 많은 말을 했습니다.

위로는

🌳 누군가 힘들다고 말하면

뭐라고 말해야 위로가 될지 몰라

한참을 생각하다 결국 아무 말도 하지 못합니다.

그런데 사실 거창하고 멋진 말까지는 필요 없습니다.

중요한 것은 상대를 생각하는 마음이 담긴 말입니다.

위로는 머리가 아니라 마음으로 하는 것이기 때문입니다.

🌳 영관이는 컴퓨터 금단 현상과 싸우는 중이다.

자꾸 피씨방이 생각나 못 견디면서 빵을 뜯어먹고 있다.

참 불쌍하다.

머릿속에 자꾸 피씨방이 떠오르는 것을 참기 어려운가 보다.

생쥐처럼 빵을 뜯어먹고 있는 모습이 안쓰러워 보인다.

그런데 당신은 무슨 중독인가요?

당신은 금단을 어떻게 견디고 있나요?

살자 토끼

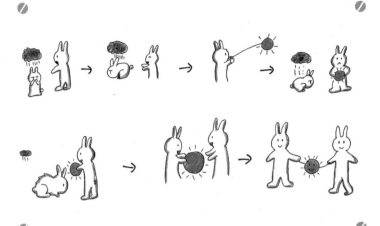

🌳 어느 날 나는 '자살 토끼'라는 책을 읽었습니다.

나는 안타까운 마음이 들어 이것을 '살자 토끼'로 바꿔보았습니다.

이 그림은 우울증에 빠져 있는 토끼를

다른 토끼가 밝은 태양과 함께 구출해 주는 내용입니다.

수능 토끼

수능 전   수능 후

🌳 수능 후 토끼 표정이 밝아 보인다.

토끼야, 수능 끝났잖아 놀자!!!

족쇄

🌳 과도하게 유행을 따르는 사람들을 표현한 그림인 것 같다.

나도 옷이나 신발을 살 때 가끔 친구들이 많이 입는 옷을 고르기도 한다.

그 이유는 소속감 때문이다.

하지만 그림처럼 유명 브랜드와 유행만을 추구하는 소비는

족쇄가 될 수 있다.

내가 잘하는 것

내가 제일 궁금한 것

19

버려진 개

🌳 잔디밭 위 개가 좀 아파 보인다.

꼬질꼬질하고 지친 개를 보니 유기견 문제가 떠오른다.

강아지뿐만 아니라 고양이, 햄스터, 거북이 등

많은 반려동물들이 버려진다.

버리는 이유는 다양하다.

하지만 어떠한 이유에서든지

생명을 함부로 버리는 태도는 용납할 수 없다.

오리와 병아리

🌳 오리와 병아리의 보송보송한 털이 귀엽다.

평소 우리가 보던 오리랑 병아리와는 색이 다를지라도

절대 못나거나 틀린 것이 아니다.

우리 사회에도 다양한 사람들이 어울려 살아가고 있다.

나와 다르다고 열등한 존재가 되는 것은 아니다.

모두가 존중받는 사회가 되었으면 좋겠다.

🌳 누군가에게 공격적인 말을 들으면 순간 머리가 멍해진다.

그러다 나를 변호할 타이밍을 놓치고 속으로 후회하곤 한다.

그림 속 토끼처럼 부당한 상황에서는

당당하게 나의 뜻을 밝히는 용기가 필요하다.

단순 토끼 복잡 토끼

🌳 복잡 토끼가 하고 있는 생각이

지금 나의 머릿속과 너무 똑같아서 놀랍다.

생각이 너무 많아서 도저히 정신을 차릴 수 없을 때가 많다.

그럴 때마다 나만의 공간으로 들어가 휴식을 취하고 싶다.

단순 토끼처럼 살면 더 좋겠지만 그게 어렵다면

조용한 공간에서 생각을 정리하는 시간을 틈틈이 가져 보자.

23

소심 토끼

소심 토끼가 보드를 타기 싫어하는 것은 아닌 것 같다.

상상 속에서는 즐겁게 보드를 타고 있기 때문이다.

처음 해보는 일은 누구에게나 두렵다.

그럴 때일수록 서두르지 말고 차근차근 나아가는 게 좋으하다.

언젠가는 우리 모두 상상만 했던 일들이

현실로 다가올 수 있기를 바란다.

사과와 토끼

자기가 얻은 열매라도

잘 관리하세요.

🌳 토끼가 열심히 사과를 닦는 모습을 보니

나는 내가 가지고 있는 열매를 얼마나 소중히 여기는지 돌아보게 된다.

내가 가지고 있는 열매는 가까운 사람들과의 관계,

나의 장점 등이다.

편하다고 함부로 여기지 말고

마지막인 것처럼 소중히 대하자.

🌳 우리는 학교에 왜 다닐까?

아마도 대부분이 미래에 안정적인 직장을 얻고

행복하게 살기 위해 다닐 것이다.

꼭 그것만이 행복일까? 아닐 것이다.

미래의 큰 행복을 잡기 위해

지금의 작은 행복들을 놓치는 것은 어리석다고 생각한다.

그러므로 우리는 학교에서 행복하게 지낼 권리가 있다.

오리와 병아리

🌳 그림 속 병아리처럼 많은 학생들은 자기 자신에 대해

파악하기도 전에 어린 시절부터 어른들이 좋다고 생각하는 길로 내몰린다.

나도 모르는 나 자신을 누가 알까?

어쩌면 우리는 스스로가 무엇을 하고 싶은지도 모른 채

입시의 강에서 허우적대고 있는 것일지도 모른다.

맞서자

🌳아직 경험이 많지 않은 우리들은 그만큼 진로에 대한 확신이 부족하다.

주변에서 하는 말에 쉽게 불안해지고 또, 쉽게 안심하기도 한다.

그러다 보면 어느새 휘둘리고 있는 나 자신을 발견하게 된다.

그럴 땐 과감하게 맞서자.

내 인생은 결국 내가 결정해야 한다.

편견

🌳 편견은 우리의 사고를 마비시킨다.

진실이 어떻든 내가 믿는 대로만 생각하게 된다.

나도 편견을 가지게 될까 봐 두렵다.

그래서 되도록 많은 사람들의 의견을 경청하고

다양한 정보들을 비판적으로 받아들이려는 노력이 필요할 것이다.

거울과 토끼

거울을 볼 때마다 내가 못생겼다고 생각하는 부분들이

가장 먼저 눈에 띈다.

그럼 그때부터는 그 부분만 보이고 나머지 부분은 신경 쓰지 않는다.

하지만 우리는 우리가 생각하는 것보다 예쁜 부분이 더 많다.

그저 찾지 않은 것뿐이다.

트라우마

🌳 나는 가끔 과거의 힘들었던 일들을

쉽게 떨쳐내지 못해 괴로워한다.

나와 같은 친구가 있다면 그런 자신을 자책하지 말았으면 좋겠다.

주변에 상담 선생님이나 부모님께 도움을 요청하면

누구라도 도와줄 것이다.

우리나라는 어딜 가나 학원을 볼 수 있을 정도로 교육열이 높다.

열심히 공부하는 태도는 좋다.

하지만 모든 것은 적당해야 한다.

경쟁에 눈이 멀어 가장 기본적인 인성, 다양한 경험 등을

무시하는 것은 제대로 된 교육이라고 할 수 없다.

보고 싶구나

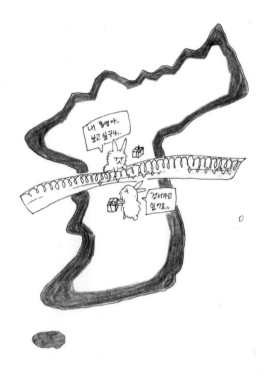

🌳초등학생 때 이산가족에 관한 다큐를 보고

충격을 받았던 기억이 있다.

나는 단 1년도 버티기 힘들 것 같은데 오랜 시간 동안

그리운 가족들과 떨어져 사셨다는 것이 안타깝고 어서 빨리 통일이 되어

살아계시는 동안에 꼭 재회하실 수 있었으면 좋겠다.

2부

2부에는 '청소년평화모임'에서 그동안 했던 청소년평화교실

사진과, 회보에 소개된 학생 글, 어른의 글이 실려 있습니다.

다른 파트에 비해 읽을거리가 좀 있어요.

앗, 읽기 귀찮다구요?

그럼 건너뛰어도 됩니다.

읽고 싶은 사람은 소가 되새김질하듯

그 뜻을 음미하며 천천히 읽어 보세요.

황영주 중1

천안 태조산에서 열린 청소년 평화학교에 참가한 학생들이 숲속 길을 맨발로 걸으며 자연과 하나됨을 체험하고 있다.

나는 소수의 사람들이 하는 행동을 좋아한다. 오늘 인원이 4명인 것이 정말 좋았다. 처음 산에 올라가는 것은 힘들었지만 명상도 하고 맨발로 산길을 걸어 보고 좋은 경험이었다. 친한 친구인 희진이와 같이 해서 좋았다.

나는 평화하면 '전쟁 없는 나라' '통일'이라는 단어가 떠오른다. 또 독일이라는 나라도 생각난다. 인원은 적었지만 평온하게 산길을 걸어보고 오래간만의 여유를 되찾은 것 같아서 좋았다. 가족과 함께 하는 평화학교도 있었으면 좋겠다. 꼭! 또 오고 싶다.

안민욱 고1

'여름 산속 평화교실'이 전남 구례군 문척면 동해벚꽃길(동해마을) 약천사 뒤 한상준 소설가의 산속 집에서 열리고 있다.

　이번에 새로 순천금당고등학교에 교장 선생님으로 오신 한상준 작가님의 집에서 '숲속 교실'을 했다. 테마는 크게 두 가지 '불편함을 겪다' '입을 닫고 귀를 열어 소리를 마음에 새긴다'였다. 전화도 터지지 않고 인터넷도 안 되고 심지어 전기도 태양열로 쓰는 완전히 자연적인 생활을 경험했다. 나는 원래 자연 친화적인 것을 좋아하고 동물과 어울려 노는 것을 좋아한다. 그래서 신청하게 된 것이고. 이런 자연 친화적인 문명이 거의 없는 곳에서 생활을 하니 정말 좋은 경험이 되었다. 자연에 흡수되어 마치 자연의 한 부분이 된 것처럼 사는 게 정말 좋았다. 오히려 불편함을 겪는 것에서 나는 더 편안함을 느꼈다. 옛날 우리

조상들이 살았던 방식대로 자연적으로 사는 것이 지금의 문명과 과학으로 발전된 이런 세계보다 더 편하지 않나 생각한다. 그리고 두 번째 테마 입을 닫고 소리를 듣는 것은 정말 내가 이날 체험해 본 것들 중에서 최고의 경험이었다. 평소 듣는 것을 좋아해 그런지 몰라도 자연의 소리, 바람소리, 새소리, 물 흐르는 소리 등 많은 소리가 들렸다. 집중해 한 가지 소리만 들을 수 있는 것은 정말 큰 영감을 주었다. 도시에선 들을 수 없는 자연의 소리, 하나하나의 소리에 감동을 받았다. 이번 숲속 교실은 정말 좋은 추억과 경험이 되었다. 살아가면서 한 가지에 집중하는 그런 습관을 기를 수 있지 않았나 싶다. 다음에 기회가 있으면 한 번이고 두 번이고 더 많은 체험을 이왕이면 1박2일로 하고 싶다.

평화란

이창규 고2

보통 평화라고 하면 사람들은 어떻게 생각을 할까? 사전에서 '평화'라는 단어를 검색하면 이렇게 나온다. 전쟁·분쟁 또는 일체의 갈등 없이 평온함 또는 그런 상태라고 기재되어 있다. 그리고 이 정의에 대해서는 현재 전쟁이나 내전을 치루고 있는 국가에서는 절실히 원하는 일 중에 하나일 것이다.

가장 대표적이면서도 현재도 진행되고 있는 사례로는 시리아를 중심으로 테러, 납치, 고문, 선전, 살인, 협박 등 중동 지역에서 활동을 벌이고 있는 이슬람 국가(IS)라는 테러 단체와 그에 맞서 싸우는 자유 시리아 군 등의 반군들과 정규군, 그리고 2014년을 기준으로 참전 여부를 밝혔고 2015년, IS가 미국인들을 납치 및 처형에 대해 본격적으로 소탕작전을 벌이고 있는 미군이다.

그렇다면 국제적인 사례를 제외하고 평소 우리가 살고 있는 사회에서 평화란 어떤 의미일까? 사람들의 입에서는 대립 없고 원활한 상태의 편안함 혹은 그런 마음을 의미할 것이다. 어쩌면 각기 다르게 생각할 수도 있다. 하지만 공통점은 분명 편안함, 안전함을 느끼는 마음이

라는 것이다.

그렇지만 우리 사회도 완전히 평화롭다고 얘기할 수는 없을 것 같다. 현재 한반도는 세계에서 유일한 분단국가이며 언제 전쟁이 발발할지 모르는 긴장감을 62년(1953년 휴전협정 이후)이나 유지하고 있다. 우리는 그러한 상황 속에 살고 있다. 하지만 그런 불안정한 사회 속에서 우리는 우리 나름대로 평화를 느끼고 있다.

그럼 내가 생각하고 있는 평화 혹은 느낀 건 뭐냐? 글쎄다…. 별로 생각한 적도 느낀 적도 없어서 문제이다. 중학교 1학년 때부터 있었던 가족 간 불화랑 가정폭력, 그로 인해 콤플렉스와 트라우마를 가지게 되었고 결과적으로 부모님들은 이혼 소송을 하고 있는 상태에다, 나는 17년이나 지냈던 정겨운 곳을 떠나 경기도 안산으로 이주했으니 말이다. 전학 준비하는 데만 두 달이라는 시간이 걸렸고 막상 전학을 하고나니 '전학생'이라고 냉대와 소외감을 받았고 우울증까지 겪었으니 말이다.

그런 나에게도 일시적이었지만 오지 않을 것 같은 평화가 찾아왔다. 남들과 다르게 찾아왔는데 중학교 졸업 후 봄방학 때 참석했던 청소년 평화학교였다. 거기에 참석했는데 그렇게나 마음이 편한 적은 정말 오랜만이었다. 등산을 하면서 마음을 가다듬고 선생님들과 대화를 하며 변화된 점이나 학교생활 등에 대해 여러모로 공유도 했고, 무엇보다 잊지 못할 추억을 쌓았다는 점에서 행복과 평화를 경험했다.

그래서 난 평화를 이렇게 생각한다. 자신의 힘과 노력만이 아닌 타

인이 내민 손길에 응함으로써 혼자 보지 못한 빛을 같이 보며 잊지 못할 경험을 쌓는 것을….

*이 글은 천안 태조산에서 열렸던 청소년평화학교에 참여한 학생이 쓴 글입니다.

달빛

허성욱 중1

밤하늘을
바라보는 동생

돌아가신
엄마 생각한다

달빛을 바라보는 척
나도 엄마를 생각한다

귀중한 시간

최은지 중2

고요함, 내 안에 나를 찾는 시간.

마치 어둠 속에 빛나는 별처럼

그 어둠 안에서 나를 찾는다.

내 원하는 대로 꿈을 이룰 수도

내 원하는 대로 생각할 수 있는

그런 고요한 세상에서 나를 찾는다.

나는 누구인가. 내가 진정으로

원하는 것은 무엇인가?

이거 곤란합니다

남윤종 중2

내가 가장 싫어하는 말은 많지만 그 중에 세 가지만 뽑아서 말해 보겠습니다. 먼저 첫번째 남과 비교하는 말, 이 말 정말 짜증나죠. 그 무엇보다 스트레스 쌓이는 말이기도 합니다. 예를 들어 옆집 애는 상 탔다는데 넌 뭐니, 이런 식으로 비교하는 말 정말 짜증납니다. 남이 정말 뭐든지 잘한다고 내가 굳이 잘해야 한다는 편견은 버리시라구요! 그 사람이 잘하는 게 있듯이 저에게도 개성이 있다는 걸 잊지 말아 주셨음 해요.

두 번째 교과서 좀 읽어라(책 좀 읽어라), 책 좀 읽어라. 이 말은 옳은 말입니다만 제가 정말 저 혼자서도 책 읽을 수 있거든요? 그런데 왜 이리 꾸지람을 하시는지. 다 나 잘되라고 나중에 지식 많은 사람 아빠 되라고 하는 소리시겠지만 저 혼자서도 잘 읽을 수 있으니깐 그리 큰 걱정 안 하셔도 될 것 같아요.^^

마지막 세 번째 돈 좀 꿔달라고 애원할 때..O_O;;(무표정) 내 용돈도 없는데 남이 500원씩 꿔달라면서 점점 큰 액수로 늘어날 때, 이거 곤란합니다.O_O(무표정) 차라리 내가 돈 있으면 모를까. 이제는 구

44

걸하지 맙시다.

부모님이라는 우산

정다정 고1

어렸을 땐 항상 젖어 있던 그분의 어깨

왜 그땐 몰랐을까

시간이 흐르고 나서야

고개를 들어보니

그대 곁에 늘 젖어 있던 어깨

어렸을 땐 항상 커 보였던 우산

왜 그땐 몰랐을까

시간이 흐르고 나서야

고개를 들어 보니

그리 크지도 않았던 우산

이 시에 대한 감상 글 / 정아영 고2

이 시를 읽으면 우리의 부모님이 지독히도 생각난다. 이 시에서 '어렸을 땐 항상 커 보였던 그 우산'이라는 구절에서와 같이 나도 어렸을 땐 부모님이 슈퍼맨인 줄 알았다. 돈도 많은 줄 알았고 강한 존재인 줄만 알았다. 하지만 이제 커보니 우리 엄마 아빠는 슈퍼맨이 아니었다. 이제 꽤 늙으셨고, 돈을 버느라 뼈 빠지게 고생하는 것이 보였고, 약한 모습들도 많이 보았다. 이 모든 것을 보고 나니 '늘 젖어 있던 어깨', '그리 크지도 않았던 우산' 등의 표현이 더 마음에 와 닿았고 공감을 불러일으켰다. 이 시를 읽고 나서 얼른 커서 부모님께 내가 우산을 씌어 드려야겠다는 생각을 하였다.

달리기

정연주 고2

출발!

달려라더빠르게벗겨진신발을뒤돌아볼시간은없다도장은일등에게
만찍어줄거야쉬지마라뒤돌아보아도출발점이보이지않고고갤들어도
도착점이보이지않아그래도눈감지마네가서있는곳도보이지않을테니
숨이턱까지차올라도내뱉지마고통의시간을삼켜숨쉬지마

넘어졌다

이제야 하늘이 보인다
숨을 쉴 수 있다

선택

조재도 시인

세상이 하라는 대로 다 하는데
우린 그다지 행복하지 않다

경쟁의 높은 사다리에 오르고
예뻐지려고 애써 코를 세우지만
마음엔 날카로운 긴장의 가시가 돋친다

어찌해야 하나
삶에 최선의 길은 없을까

그 길을 가라
네 앞에 놓인 여러 갈래의 길 가운데
네 마음을 당기는 길을 선택하라

그 길은 네가 가고자 하는 길
좋아서 즐거워서 아무리 해도

49

질리지 않는 길
며칠 밤을 꼬박 새워도
피곤한 줄 모르는 길

마음속 불덩어리가 가리키는 길
억누르면 세상 밖으로 튀어나오려고
네 가슴 벽을 쿵쿵 두드려대는 길

그 길에서 너는 행복하다
그 길을 갈 때 후회스럽지 않다
오래 갈 수 있다

몸의 진리

박노해 시인

아무리 세상이 변하고 좋아져도
사람은 밥을 먹어야만 살 수 있다
정보와 서비스를 먹고는 못 산다
이 몸의 진리를 건너뛰면 끝장이다

첨단 정보와 지식과 컴퓨터가
이 시대를 이끌어간다 해도
누군가는 비바람치고 불볕 쬐는 논밭을 기며
하루 세끼 밥을 길러 식탁에 올려야 한다

누군가는 지하 막장에서 메캐한 공장에서
쇠를 캐고 달두고 제품을 생산해야 한다
이 지구 어느 구석에선가 나 대신 누군가가
더럽고 힘들고 위험한 일을 몸으로 때워야만 한다

정보다 문화다 서비스다 하면서 너나없이

논밭에서 공장에서 손털고 일어서는

바로 그때가 인류 파멸의 시간이다

앞서간다고 착각하지 마라

일하는 사람이 세상의 주인이다

당신의 아이는

칼 지브란

당신의 아이는 당신의 아이가 아니다

그들은 자기 자신을 갈망하는 생명의 아들, 딸이다

그들은 당신을 통해 왔지만 당신으로부터 온 것은 아니다

당신은 그들에게 사랑은 주어도 좋지만

당신의 생각을 주어서는 안 된다

당신은 그들의 육체는 집에 가두어도 좋지만

정신을 가두어서는 안 된다

그들의 정신은 당신이 방문할 수 없는 내일의 집에 살지

당신의 꿈속에서 사는 것이 아니기 때문이다

당신은 그들을 좋아하기 위해 애써도 좋지만

그들이 당신을 좋아하도록 요구해서는 안 된다

인생은 뒤로 가는 게 아니며 어제에 머물러서는 안 되기 때문이다

당신은 생명의 화살이 당신 자녀들을 앞으로 나아가게 해야 한다

사수는 끝없는 길 위의 표적을 겨냥한다
신께서는 당신의 화살이 멀리 그리고 빨리 나아가도록
그의 힘으로 당신의 팔을 구부린다

당신이 사수의 손에 의해 구부려짐을 기뻐하라
신께서는 날아가는 화살을 사랑하는 것과 똑같이
제자리에 있는 활도 사랑하기 때문이다

새처럼 되어 봐요

빅토르 위고 ㅣ 김새환 역

새처럼 되어 봐요

정말 가냘픈

나뭇가지 위에

잠시 앉아 있는 새처럼요

가지가

휘는 느낌이 들어도

자기에게는

날개가

있다는 걸 알고

노래하는 새처럼요

학교에서 아이들은 행복할 수 있을까요?

방진희 전 진로교사

"우리 삶에서 중요한 것은 무엇일까요? 그것은 기본적인 의식주, 그리고 사람들 사이의 좋은 관계일 것입니다. 요즘 우리들은 이러한 삶의 핵심적인 요소보다 부차적인 것들에 매여 삽니다. 사회에서는 외모, 스마트폰 등 물질주의를 선동하고, 학교에서는 점수와 경쟁을 요구합니다. 이러한 세태를 넘어 의식주와 인간관계라는 〈삶의 핵심적인 요소〉를 중심으로 〈진정한 교육〉이 이루어졌으면 합니다. '본질(중심)로 돌아가는 것이 발전이다'라는 가우디의 말처럼.

그래서 의식주와 인간관계를 중심으로 한 교육을 위해 몇 가지 말씀을 드립니다. 우선 〈교사란 누구인가?〉에 대해서입니다.

교사가 '학생의 성장을 돕는 사람'이었으면 합니다. 진정한 교사란 학생과 삶의 여러 면에서 관계하며 '자식을 낳는 사람'입니다. 사회에서 올바른 인간으로 태어나도록 즉 '한 인간'을 생산하는 사람인 것입니다. 교사는 -남자든 여자든- 학생이 인간으로 새로, 계속 태어나도록, 학생에게 '엄마의 배'와 같은 존재가 되어야 합니다. 이것이 가능해

지도록 교사에게 학생들과 대화할 기회와 민주적인 학교 풍토가 지원되었으면 합니다. 아울러 교사 양성과정에서 누구를 교육자로 선발해야 하는지, 어떻게 개선시켜 가야 할지 숙고해야겠지요.

그리고, 〈학생에게 무엇이 필요한가?〉입니다. 우리는 지금 학생이 부모나 교사와 바른 관계를 맺지 못하는 사회에 살고 있습니다. 부모가 자녀와 눈을 마주치면서 이야기를 들어줄 시간이 없고, 교사 역시 그럴 여유가 없습니다. 가정에서는 부모가 자식의 얼굴을 마주보고 자기 아들, 딸의 기쁨이나 고민을 들어주어야 합니다. 교사 역시 마찬가지이고요. 그러므로 우리 학생들에게 가정과 학교에서 자기 자신이 될 시간을 만들어줄 필요가 있습니다. 있는 그대로의 자신을 느끼고 생각하면서 존재 자체로 충만한 자기 정체성과 인간성을 찾을 수 있는 시간을 갖도록 하는 방안을 찾았으면 합니다.

마지막으로 〈학생이 행복한 학교는 어디에서 시작하는가?〉입니다. 저는 교사와 학생이 서로 사랑을 주고받는 데서 시작한다고 봅니다. 이것이 가능하려면 먼저 당국이 학생과 교사를 지원해야 합니다. 그리고 교사로서는 자신이 때로 학생에게 위험한 존재가 되기도 한다는 점에서 깨어있어야 한다고 생각합니다. 교사는 '교육'이라는 이름으로 자칫 학생의 발전을 저해할 수도 있기 때문입니다. 학생과 '인간관계'를 맺지 못하고 주입식으로 수업하며, 당근과 채찍으로 길들이고, 승

진, 지각·결석 관리, 진학률, 각종 대회 입상 등을 우선시한다면, 그런 교장, 교사가 근무하는 한, 아이들이 행복할 수 없습니다. 이런 곳에서는 학생들이 인간적으로 발전은커녕 퇴보할지도 모릅니다. 학생들은 '행복하려고' 학교에 옵니다. 특히 집에서 웃을 일이 별로 없는 학생에게 학교에서의 행복이 얼마나 절실한지 생각하면 목이 멥니다. 우리는 '인간관계'가 살아 있는 곳에서 행복해집니다."

요약하면 인생에서 중요한 것은 '의식주와 인간관계'라는 인식을 함께하자는 것입니다. 그리고 아이들은 인간관계를 통해 학교에서 행복할 수 있다는 것입니다. 끝으로 이와 관련하여 학교 현장에 계신 분들께 한 가지 부탁드립니다. 수시로 "너, 훌륭해질 수 있어!"라는 말로 아이들의 마음에 날개를 달아주십사, 하는 것입니다. 저는 학생들에게 이 말을 충분히 하지 못한 것을 후회합니다. 그래서 부탁드립니다. 한 말씀만 더 해 주십시오. "너, 훌륭해질 수 있어!"라고.

3부

3부에는 이미지와 말이 들어 있습니다.

하나의 이미지에 여러분의 생각을 더해 보세요.

그럼 그 이미지의 의미가 풍부해질 것입니다.

4+7 = 11을 어떻게 알죠?

배워서요. 평화도 배워야 합니다.

평화는 막연한 생각이 아니라 구체적인 행동입니다.

어떤 평화든 키우지 않으면 사라집니다.

평화의 다른 이름, 상냥함, 친절함.

평화는 단순합니다. 복잡하지 않습니다.

어린이와 청소년이 평화로워야 진정한 평화입니다.

화내면서 무슨 일을 하기보다는 안 하는 게 낫습니다.

현재 우리나라 비무장지대에 묻혀 있는 지뢰 수

1,083,000

DMZ(비무장지대) 남쪽 지뢰지대 면적만 여의도의 40배,

총력을 다해도 제거하는 데 200년 걸려.

지난 겨울

임진강 평화누리길을 걸었습니다.

세상에서 가장 불행한 임진강!

"강아지는 생후 4개월 즈음부터 사회화가 이루어져요. 이 시기에 좋은 경험
을 하지 않으면 나중에 커서 마음이 깊고 넓어지지
못하고, 하찮은 일에도 충동적이고 공격성을 갖게 돼요."
- 〈세상에 나쁜 개는 없다(EBS1)〉에서

"인간은 생물학적 존재로 태어나 다른 사람과의 상호 작용을 통해 인
간다운 인간으로 성장해요. 특히 유년기와 청소년기에 평화나 민주 같은
좋은 경험을 하지 않으면 나중에 커서
마음이 깊고 넓어지지 못하고, 하찮은 일에도 충동적이고
공격성을 갖게 돼요."

찐찌버거 같은 XX

* 찐찌버거 : 찐따 +찌질이 +벌레 +거지

언어폭력은
폭력의 대부분입니다.

욕하거나 고함치거나 빈정대는 말

뒷담화까는 말을 안 하면

자기 자신이 평화롭습니다.

이사우 사진 작가 작품

당신에게 제일 먼저 떠오로는 생각은?

......

......, sad.

4부

4부에는 『살자토끼 1, 2』(조시원 그림, 작은숲 간)라는 책에 들어 있는

원화 그림에 여러 학교에서 학생들이 직접 한 학생 그림이

실려 있습니다. 『살자토끼 1, 2』를 가지고 학교에서

학생 활동 시간에 학생들이 실제로 한 그림입니다.

그림을 감상하면서 나라면 어떻게 그렸을지 생각해 보세요.

시간이 있으면 직접 한 번 그려보아도 좋구요.

『살자토끼1』 p26

학생 그림

조수진 고1

학생 그림

박정원 고2

원화

『살자토끼1』 p66

학생 그림

원혜정 고1

학생 그림   김창수 고1

학생 그림 신송희 고1

양털을 깎을때

양이 얼마나 무섭고

털을 깎았을때 양이 얼마나
수치스러워 할지 생각한다.

정해진 틀 안에 다양한 재능을 가진 사람을 밀어넣는 것은 폭력입니다

학생 그림

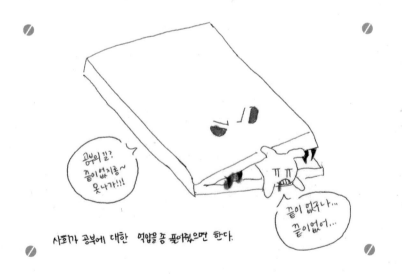

원화

학생 그림

원화

『살자토끼2』p52

학생 그림

권지원 고1

소감: 자신이 하고자 (이루고)
싫은게있으면
참을줄 알아야 한다

『살자토끼2』 p36

학생 그림

김재빈 고1

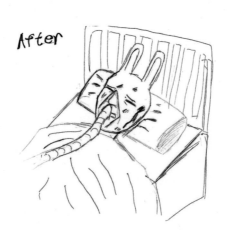

학생 그림

손혜림 고1

학생 그림

박세빈 고1

거듭되는 실패는 다시 일어설 용기를 준다

소감: 꿈에 대해 다시 한번 생각하게 되었다.

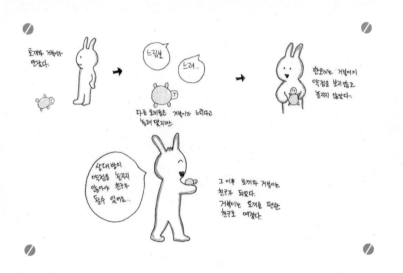

학생 그림

이원우 고1

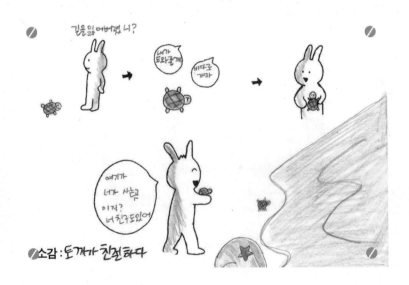

학생 그림

학생 그림

이영호 고2

남들보다 너무 빨리 가면 주변에
진짜 소중한 것들을
못본다.

소감: 굿

원화

학생 그림

손승민 고1

소감 : 자제할줄 아는것도 능력인 것 같다

학생 그림 가진석 고1

107

원화

학생 그림

『살자토끼1』 p64

학생 그림

이남규 고1

소감: 어린나이에 자유롭게 놀러갈 곳을 충족하지 못하는 작가의 의도에 공감하기도 했으나 이런 학교문화를 극복하기 위해 노력해야 하는것 생각했다.

원화

학생 그림

서은수 고1

학생 그림

이유미 고1

학생 그림

김하우 고1

학생 그림

조연우 고2

소감: 마음이 따뜻해진다.

『그렇게 마음이 편한 적은 정말 오랜만이었다』를 읽고

최예서 중2

선생님의 추천으로 이 책의 원고를 받아든 날,

내가 쓴 하얀 마스크 위로 더 하얀 봄볕이 쏟아져 내렸다.

그동안 많은 책을 읽었지만 내 또래들이 쓴 글을 읽어 볼 기회는 많지 않았다.

그래서 뭔가 흥미롭기도 하고 부러운 마음으로 읽어내려 갔다.

그림도 글도 쉬운 듯하면서 깊은 여운이 남았다.

그 여운의 자락들을 따라가 보니 맨 마지막에 남아 있는 아이가 바로 '평화'였다.

평화.

잘 안다고 생각했지만 또 이렇게 마주하고 보니 생뚱맞기도 하고 낯설기도 한 건 뭘까?

내 마음이 평화로운 때를 생각해 보았다.

중간고사가 끝난 바로 지금.

친구들과 즐거운 수다를 떠는 쉬는 시간.

소감: 마음이 따뜻해진다.

내가 좋아하는 책을 읽는 시간.

무심결에 잡은 엄마의 따뜻한 손.

내가 잘 모르고 지냈지만

일상의 순간순간마다 평화가 숨어 있었다.

나는 소소한 내 일상을 감히 평화라고 말하고 싶다.

평화는 바로 내 옆에, 내 앞에, 그리고 내 속에 흔한 동전처럼 놓여 있어서

자세히 보지 않으면, 생각하지 않으면

그것이 얼마나 소중한 존재인지 알아차리지 못하게 되는 것이다.

지금이라도 알게 된 이 좋은 평화가 오래오래 내 곁에서

함께해 준다면 참 좋겠다.

자신도 몰랐던 평화의 소중함을 느껴 보고 싶다면

이 책을 꼭 읽어 보라고 추천하고 싶다.

엮은이 | 조재도

충남의 여러 학교에서 국어교사로 일했다. 2012년 청소년평화모임을 만들어 현재까지 그 일을 하고 있다. 지은 책으로는 『산』 『좋으니까 그런다』 등의 시집과 『이빨자국』 『불량아이들』 등의 청소년소설, 『넌 혼자가 아니야』 등의 동화, 『오리와 참매의 평화여행』 『전쟁 말고 평화를 주세요』 등의 그림책이 있다.

원화 그림 | 조시원

백석예술대학에서 영상디자인을 전공했다. 8년간 중, 고등학교 상담실과 진로실에서 학생들의 그림표현 봉사활동을 해왔다. 『눈물은 내 친구』 등 표지화를 그렸고, 현재 일터에서 일하며 설화고 신문 삽화, 청소년평화모임 회보에 만평을 그리고 있다. 지은 책으로 『살자토끼』(2015, 작은숲)가 있다.

자료정리 | 강봉구

성균관대학교 국어국문학과를 졸업한 이후 출판계에서 일하고 있다. 오랫동안 청소년 관련 도서를 기획 편집해 왔으며, 청소년평화모임 회보를 편집해 왔다. 함께 지은 책으로는 『넌 아름다운 나비야』, 『난 너의 바람이고 싶어』 『괜찮다, 괜찮다, 괜찮다』가 있다.